KB016751

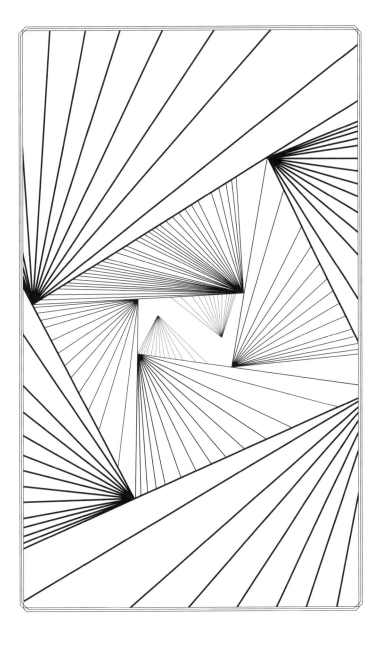

아침달 시집

글라스드 아이즈

이제재

시인의 말

생일이 같은 아이를 두 번 만나자
나는 나에게서 제외되었다
혀를 깨무는 느낌이었다

레몬 슬라이스를 물에 넣으면
맛과 향이 났는데
침을 뚝뚝 흘리며 자꾸 말이 하고 싶었다

우리는 하나야,
모든 것은 영원하고 무한해,

정말 그럴까?

허무하지 않아 좋았다

2021년 8월
이제재

차례

1부

2부

3부

4부

부록

1부

배영

그것은 만들어진 장면이었지만 그곳에 몸을 담그지 않고서
는 떠오르지 않는 것이 있었고

커다란 창으로 빛이 들어오는 실내수영장에 우리는 뛰어들
었다

빛이 울렁일 때 그 위로 몸을 띄운다, 그것은 우리에게 자연스
러웠고

우리는 별로 중요하지 않지만 심각한 대화를 나누었다 그것
이 그것대로 괜찮았다

그 어떤 과거가 환기되는 것이 우리에게 큰 의미를 지니지 않
았다

유리창 밖의 일들은 우리에게 다가오지 않았다

다가오는 것은 더 맑은 깊음에 대한 예감

그것은 만들어진 장면이었지만 그곳에서 울지 않으면 떠날
수 없다는 듯 떠는 몸이 하나 있었고

다음 순간 결연한 다짐을 한다는 듯 다시 시작하겠어 말하고
말았지만

젖은 발이 건조한 실내 바닥에서 말라갈 때

그 어떤 설정도 없었고 카메라도 없었으며 삶은 실감적으로
다가와서

계속 살아가려는 듯 우리는 움직이기 시작했다

뒤로 뻗은 팔로도 나아갈 수 있음을 알게 된 것은 다음의 일
이었다

글라스드 아이즈 Glassed eyes
— 우리들에게

거울을 찍으러 다녔어 10월의 거리를 오가면서 쓰레기장 앞 거울과 모조리 깨진 파편들 가게 앞 키 큰 거울과 풀숲 사이에 던져진 손거울 같은 것들 모조리 찍으러 다녔어 빛을 쬐면서 반사된 영상들을 모으러 다녔어 아무 일 없이도 살고 싶어서 아름다움을 믿고 싶었어 있잖아 바깥은 선할 수도 아름다울 수도 있더라 그런 것만 볼 수도 느낄 수도 있는 거더라 우리는 아름다움에 속지 않으려 했는데 우리를 더럽다고 부르는 사람들이 아름답다고 부르는 것에는 반응하지 않으려고 했는데 그런데도 아름다운 것이 있었어 그건 이상한 발견이었어 지금 내가 가진 영상이 너에게로 반사되고 우리 전부에게 퍼져나가고 있다고 말할 수 있을까 영향력이란 것이 그런 것일 수 있을까 나는 내내 빛 속으로 걸어 다녔어 건강하자고 하루를 더 살자고 좋은 것을 더 많이 보자고 걸어 다녔어 파편들도 풍경을 담고 있었고 흘러가는 빛에 번쩍이고 있었어 사람들은 아름다울까 아름다울 수 있을까 사람들도 나도 흘러가는 배경이 되고 너는 그것을 있는 그대로 받아들일 수도 반사할 수도 있었어 다양한 각도로 거리가 흘러 다닐 때 다만 스쳐 지나가는 것들 10월엔 그런 이상한 산책을 하고 다녔어 하루에 한 번 이상 우리를 상상할 수 있었어

육체에 대한 꿈

너는 네 몸을 더 사랑할 의무가 있다 그렇게 말하는 사람을 만나 시간을 보냈다 다 끝나고 나서 남을 것을 상상하면서 너도 그렇고 나도 그렇고 몸에 점점 더 굉장한 것들이 속해 있다는 것을 알아채고 있다 그렇게 말하는 사람의 몸은 자주 아팠고 아프면 아프다고 솔직하게 인정하면 된다 거기서부터 아프지 않는 것이 가능하다, 그렇게 말하기도 했다 나는 내 몸을 더 책임지기로 약속하면서 그와 시간을 보냈다 점점 더 오랫동안 샤워를 하게 되었고 두 끼를 챙겨 먹고 산책을 다니게 되었다 다 끝나고 나서도 조금 더 지속되는 것을 상상하면서 너도 그렇고 나도 그렇고 쉽게 불안해지고 불안에 예민한 몸을 감당해야 한다 그렇게 말하는 사람은 나와는 다른 끝을 상상하고 있었고 나는 더 쉽게 늙고 부은 손을 상상할 수 있었다 한때의 기억이 몸에 남는 것이라면 한 꺼풀의 희망도 몸에서 시작되는 것이라고 손등을 맞부딪히면서 눈을 깜빡이면서 시간을 보냈다

월드

1.
등이 붙은 남녀 샴
여자애는 늘 주저앉고 싶어 했고 남자애는
달려 나가고 싶어 했다
여자애의 육체는 남자애보다 빨리 성숙했고 남자앤 하이톤으로
투덜거리는 적이 많았다
절정의 사춘기
여자애의 골반이나 가슴이 잉여롭게 부풀어갈수록
남자애는 거죽으로 쭈그러들었고
변성기는 여자애의 것이었다
남자애는 여자애의 몸으로 분해·흡수되었고
여자애는 목소리만 양성화된 채
록 밴드 보컬을 꿈꾸기 시작했다
음정이 불안한 미성은 이제 곧 골초가 될 수순을 밟고 있는데

그 애의 이름은 이제재다
이제재는 자기 목소리를 녹음해 몇 번이고 듣는다

1-2.

> 서양의 신은
>
> 자기 외부에
>
> 세상을 창조하고
>
> 동양의 신은
>
> 자기를
>
> 분열시키며
>
> 세상이 된다

어릴 적 꿈에서처럼
빨간 티코, 뒷좌석에서부터 팔 뻗어 핸들을 잡고
월드의 한구석으로.
그곳엔 비석이 세워져 있다

글 쓰는 자는 자기 내부에서 분열하고 자기 외부에서 자기가
된다
　　정신과에 가고 싶으면 글을 쓰지 말고
　　정신과에 가야 한다

3.

　고향은 늘 정돈되어 있었지 군부대 안 관사아파트 락스를 들이부은 것처럼 표백되어 있었다 색조 없이 희기만 한 빛이 내려오고. 빠짐없이 포장된 길 시속 40km를 준수하는 자동차 5층으로 정돈된 아파트 정확하게 간격 조정된 나무들 군인들이 제초기를 들고 가꾸던 풀밭

　가위손 영화세트장처럼 아름다운 곳

　우유 속에 넣어 얼마간은 휘젓고 싶을 만큼

　영원하기만 한 곳

　(유년은 완벽했습니다 말하지만 않으면.

　매일 누가 한마디도 시키지 않기를 바라며 잠들었습니다

　그때의 병명은 함묵증

　두꺼운 온실 유리 안에서 볕을 쬐던 감각

　유리를 뚫고 들어오던 느린 빛줄기를 생각하면 고향으로 돌아가고 싶어지고

　함묵증이 아니라면 돌아갈 필요가 없습니다)

4.

　이제재의 자아를 형상화하면 뿔 여덟 개 달린 머리, 목과 등이 직각을 이루는 괴물이 출현해서 너는 내가 여덟 번 잡아먹어

주겠다 너를 내가 여덟 번 사랑해주겠다 하니까

그 자아는 없는 편이 낫겠다

5.

새로운 언어가

자아 없는 곳에서 방출되고 있다

방사능처럼 눈에 보이지 않게 퍼져나가고 있다

빨리 말을 해보라고 등을 두드리던 부모의 손이 먼저 파괴된다

그사이 언어를 익혀 모범수인 척 구는 나의 얄미운 입술이
붕괴된다

세상은 파멸하고

새로운 파멸의 언어로

희망 없이 파멸하고

의미 없어지고 인간들은

의미 없는 데에서 의미를 찾고 발명하고 감탄하고 아름답다
고 난리 치고 그러는 데에 개인당 백 년쯤 허비하고

뼈만 남은 이제재가 자기 해골에 물을 받아 먹으려고 애를
쓰며 허무주의는 유구하다, 고정불변한 것은 없다, 진실은 허무
를 알 때에만 가능하다, 중얼거린다

옆에서 모든 것을 지켜보던 나는 꿀꺽이는 모션을 대신 취하

며 그 말엔 동의할 수 없다, 혼자 중얼거리는 사람은 대화가 불가능한 불구다, 불구는 허무를 모르고 없는 귀만 끊임없이 갖고 싶어 한다, 세계는 진실보다 거짓에 가깝다, 라고 중얼거린다

한평생 투덜거리던 자는 익사하면서도 투덜거리고 있을 거다

5.
현재는 자기분석자로서의 나
어제 이제재는 풍선을 불며 자기 내부가 고무로 이루어져 있다고 착각했다

풍선과 고무
몸은 불어낸 숨만큼 동그랗게 비워지고
나는 비워진 만큼 나
나라는 풍선만큼 나

방은 곧 나를 배반한 이제재로 가득 찼다

착각은 고무가 겪는 것인지도 모른다
풍선일 때 고무일 수 없는 척
고무일 때 풍선일 수 없는 척

빈 숨이 쭈그러드는 표면을 겪을 때까지

이제재는 스무 팩의 고무를 다 불고 풍선들 사이로 몸을 던졌다
다수의 풍선과 몇 개의 터진 고무들 사이에서
아픈 뒤통수를 감싸 쥐었다

바깥에서 바라보면 나와 우리는 구분되지 않고
이제재는 자꾸만 나를 이해하려 든다

자주 있는 일

외국에선 이게 동성애의 상징이래, 왜지? 체리를 먹으며 내가 말하고 나 체리 좋아하는데. 네가 말한다

그제 내가 한 말들로 너는 몸살을 앓았고 내 메모장 가득 네 얘기가 검게 채워졌지 잉크는 번지면 조금 다른 색을 띠고 미안해 이렇게 기억도 안 날 얘기로 싸울 줄 모르고

미안해, 누가 먼저 미안하다고 말했는지 모르게 우리는 그러고 있다 너는 오늘 체리를 싸 왔고. 신기해 난 체리는 처음 먹어 보는데. 고마워 역시, 우린 무슨 사이지? 그런 말은 하는 게 아니었던 거야

보랏빛이 도는 두 알의 마침표
같은 기도를 한 것마냥 흠뻑 젖은 두 손으로

우린 친구지? 네가 뜸을 들이다 말하면 나는 웃고, 일부러 더 해맑게 배꼽을 잡으며 웃고. 그렇겠지. 네가 나 때문에 더 많이 아프지만 않는다면. 말하지 않는다. 소중한 손가락을 물티슈로 정성스레 닦으며.

줄지어 걷는 흑염소 무리와
거꾸로 매달린 체리 꼭지들

이것을 편지라 불러도 될까. 편지라 부르면 미성의 목소리가
발생하고 받는 이가 생겨나고 할 말이 있었다고 생각하게 되는데

"선생님, 사람한테 별거 없다는 거 아시잖아요. 사람은 그냥 사
람이지
발작적으로 사람이거나 그렇지 않을 뿐이잖아요.
저라고 다르겠어요?"

이렇게 시작한 편지는 "선생님의 회초리, 부러뜨리다 멍 생겼
어요 왜 계속 회초리가 있는 거예요? 부러진 건 왜 전부 살점에
꽂히는 거구요, 멍은 검은색인데 백건만 배우다 흑건을 선망하
게 됐죠. 어른이 되면 선생님을 돈으로 사야 한대요."로 마무리
된다 그러면 작렬하는 흰빛 속에서 발작적으로 흑염소가 된 선
생님이 작은 가시나무 한 그루를 뚝 뚝 끊어 먹기 시작하는데,
젊은 선생님은 왜 화부터 내시는 걸까

"스물일고여덟이 되자 이어지는 건 사랑해 사랑해 몇 마디
와 미안해 미안해의 변주인 것인데 한마디 뗄 때마다 받는 이가
뒤바뀌고 목소리가 뒤섞이고. 얘야 〈사랑해서 미안하다〉와 〈미
안해서 더 사랑하겠지〉라는 곡 모두 네 언니에게 써 주고 싶었
지 단순히 여자가 좋았던 건 아니고 네 언니가 좋았다 나는"

이 곱씹음에는 추신이 달려 있어서 "다시 처음부터 곡을 쳐 볼래?"로 마무리되는데 흑염소의 울음소리는 메에에 메에에 이어지고 나는 빛의 과육들을 꾹 눌러 터트리며 어리둥절해지기 시작하는 것이다 이것을 이야기라 불러도 될까?

　손안이 흠뻑 젖은 관찰자는 나이고
　주인공은 선생님과 언니여서

　버려진 피아노가 잡초와 이끼로 뒤덮이는 동안 선생님은 언니의 손을 잡고 언니는 선생님을 언니라 부르고 언니와 언니는 내가 다 보고 있는 줄도 몰랐을 텐데

　어디서 체리 냄새가 퍼져 흐르는 계절이면 목 안에 걸려 있던 버찌 씨를 툭 뱉듯 소리치게 되는 것이다

　"내가 말해서 엄마한테 언니가 맞았죠? 선생님 회초리도 다 망가지고요, 근데 왜 언니는 선생님도 버리고 가버린 걸까요?"

　본 대로 말했을 뿐 잘못은 누구에게도 없다면 누가 울고 누가 울지 않아야 하는 걸까, 바로 나라는 흑염소가. 이제 흑염소의 다리는 여섯 개로 늘고 다시 스무 개로 늘어서 머리를 뽑아

내고도 꽉 들어차게 되는데 발작적인 머리는 아직도 메에에 소
리를 흘리고

    여긴 남은 체리 꼭지가
    셋
    둘
    하나
    손안에 그러모아 쥐면

"얘야 네 얘긴 전부 네 얘기가 아니었음 좋았겠지. 네가 나를
보면 나도 너를 보게 되고 너는 언니를 사랑하게 되잖니. 너의
언니도 아니고 언니의 언니도 아닌 여자애들을. 빛 속에서 아득
하게 형체가 지워진, 어디에나 있고 어디에도 보이지 않는 우리
들을."

    나는 영문도 모른 채 누가 미리 적어두고 간 문장을 또박또박
소리 내 읽어보게 되는 것이다
    "난 네가 왜 좋지. 왜 너만 있음 다 괜찮을 것 같지. 정말 다 져
버리고 이대로 살아도 좋을 것 같은지. 하지만……"

    수신자도 없이 꼬리만 길어지는 꼴이 싫어, 잉크 굳은 지 오
래된 염소에다 상자를 씌우고 나는 덧칠해버리는 것이다

선생님

1.
너는 침묵으로 한 방울의 액체를 만들 줄 아는 아이지
금빛 액체가 정수리로 떨어진다

「너는 많이 젖었구나.」
「선생님, 저는 많은 걸 묻고 싶었어요. 선생님이 그렇게 화만
내시니까 저는 아무 말도 할 수 없어요.」
「밖은 비가 오는 중이구나.」
「비는 계속 내리고 있었는걸요. 지붕이 잠긴 지 오래예요.」
「이런 날엔 욕실에 들어가 나오고 싶지 않아. 따뜻한 물을 채
운 욕조에 몸을 담그고 눈을 감고 싶지.」
「선생님 목에 액자 하나 걸어도 될까요? 선생님도 웃고 저도
웃는, 그런 사진이 있어요.」
「물이 식지 않을 것처럼 느껴질 때가 있단다. 그런데도 물은
식어버려. 얼마나 다행인 일이니.」

2.
아이는 어른의 목에 나사못을 돌려 넣었다 목에서 톱밥이 부
풀어 일어나고 어른의 얼굴은 여전히 무표정해, 턱의 위치가 조
금씩 아래로 바뀐다 왜 사진 속의 미소는 점점 더 그럴듯해 보
이는 걸까요 내게도 조금의 유머가 필요하니깐 이런 대화는 없

고 나한텐 침묵이 금이라고 했잖아요 그런 건, 그냥 한 말이었나
요 이런 질문도 없는. 아이는 계속 한 방향으로 못을 돌리고 있다

　3.

　「내 몸에서 흘러나오는 게 꼭 요구트 같구나. 느리게 꿀렁거
리는걸. 이게 뭔지 아니? 대답이 없구나. 너는 잘 배운 아이다. 네
가 이렇게 잘 배울 줄 알았지. 목 부근에서 네모난 거울이 흔들리
는 느낌이 든다 너는 좋은 애였어 예전에 해준 이야기 기억하니?
좋은 아이에게는 금빛 물방울이 정수리에 한 방울 똑 떨어질 때
가 있다는 얘기. 아직도 믿고 있었니? 너는 정말이지, 믿음이 많
구나……」

　선생님, 저는 이제 선생님 역할도 잘해내요 전신거울 앞에서
음악 없이 왈츠를 추면 가끔 잘 컸다는 생각이 들어요 선생님이
되고 보니 제 교실에도 저 같은 아이가 몇 명, 조용히 앉아 있네
요 리타도 케빈도 료우도 그런 아이였어요 세상엔 필요 없는 선
생님도 있는 법이에요 있는 듯 없는 듯 사라져요☽

　☽ 리타, 케빈, 료우는 내 요구트를 훔쳐 쭙쭙 빨아먹는 아이들. 이 아이들은 세쌍둥이처럼 보여서 어떤 방
식으로 불러도 상관없다. 어이! 하고 부르면 세 명의 아이들은 동시에 뒤를 돌아보았고 리타! 부르면 열 번에 한
번씩 리타가 돌아봐주었다. 선생님! 하면 왜 그러니 아이야, 다정하게 화음 넣어 대답해준다. 그 화음은 무척이
나 단조롭다.

굴 뱉기
—굴의 아이 2

드디어 내가 내 안을 개봉했을 때
그곳엔 굴, 네가 홀로 있었고

의사는 다 치유되었습니다 했지만 글쎄요 너는 기어코 아슬아
슬하게
　차에 치이지 않은 순간처럼 어린 너와 만나게 되는 겁니다
　네 어린 소년에게 계속 주문하는 겁니다 이 벙어리 새끼야 입
좀 벌리고 제대로 발음을 해!
　애원하는 겁니다

물컹거린다 소년들
너는 네 소년을 보기 싫은 거지요?
가는 목뼈를 꾹 눌러 부러뜨리고 싶은 거지요

때때로 엄마, 발음하며 변성기는 지나갔고
아빠는 마른 장작 같은 네 눈을 닮아가고 있었습니다만

아무도 네 병을 몰랐다, 굴
너는 아무래도 이 대목이 마음에 들고
　난 혼자서 치유되었어, 지껄였지만 기어코 달려오는 차에 치
여버리는 겁니다
　사춘기 소년의 축축한 입술과 만나는 겁니다

아니 난 아무렇지 않아, 적당히 역겨울 뿐이지

네가 어린 네 소년들과 만나는
여긴 적당히 춥고 좁고 침 냄새 나는 곳일 뿐이죠
너는 늘어가는 혼잣말에 코 박고 소년과 백 번 코 비비고 있는
거죠

때때로 씩씩거리며 내용물을 흘리고
텅 빈 껍질, 가루 날리게 짓밟아 부스러뜨리면서

우리는 마지막처럼 인사하고 싶은 거지요?
"아 신난다! 나는 다 치유되었어↰" 그치만 대신
"아이 신나! 나는 다 먹어치웠어"
저는 제 굴들을 먹어치우는 거죠

↰ 영화 〈시계태엽 오렌지〉 주인공의 마지막 대사 변용.

4교시 방과 후

우리는 음악실에서 돌림 노래를 부르고 있었다

운동장엔 굴러다니는 야구공 야구배트

공중에는 빙글빙글 돌아가는 회전무대

봄 소풍과 가을 소풍 사이로 소나기가 지나가고

철조망 사이로 삐져나온 장미꽃 냄새를 맡는 아이들

나뭇잎 아래로 빛이 금을 그어버린 얼굴

아이들은 서로의 얼굴을 스케치하고 있었다

그러나 잊혀진 등교길의 토요일

빗방울이 우산의 겉면을 적시다 말고 사선으로 말라갈 때

우산대와 우산대 사이 오래된 금이 그어진다

금을 그은 스케치만 남긴 채 떠나버린 아이들

펼쳐서 돌려보면 둥글어지는 풍경 속

우리는 돌림 노래를 부르고 있었다

흑백 장면 속에서

선의를 믿지 않지만 악의만으로 세상을 볼 수 없었던 우리와

미화되지 않고는 버틸 수 없는

선한 사물들이 모두 둥글게 빛난다

리플렉션
—평행한 세계

꿈에서 비가 내리지 않는다 비는 꿈 밖에서 오는 중이다 나
는 여기 있는데 산책을 하고 있는데 저기에도 있다 꿈 밖에서 나
의 습관은 산책이 아니다

골목을 걷고 있을 때 우산 쓴 사람을 본다 잊고 있던 사람이다
그는 나를 잊은 것처럼 지나치고
지나갈 때
나는 그가 좋아진다 그의 부러진 우산살 하나가 마음에 든다
가끔 이해하지 못할 일들이 있다

공원에서 그를 본다 어느 사이 나는 우산을 들고 있고 그는
나무 밑 벤치에 앉아 비를 본다 내 취미는 비를 보는 것이 아니
다 빗소리를 듣는 것이다
나는 그를 처음 본 것처럼 바라보고 그의 우산은 멀쩡하다
아무런 마음이 들지 않는다

골목에서 우산살 하나가 부러진다 이런 우산은 도무지 마음
에 들지 않고 사람이 골목 입구에서 비를 맞고 있다 나는 사람
을 지나친다
지나갈 때 사람이 나를 불러세운다
우리 지난번 꿈에서 본 적 있죠?
그런가요

갑자기 아무도 모르게 사람이 좋아질 때가 있어요

그 사람은 내 우산을 마음에 들어 하고 나는 그것을 건네준다 비가 내린다 그는 이미 젖었고 내 몸은 젖지 않는다

꿈 밖에서 비가 그친다 나는 거기 있는데 책상에 엎드려 잠시 자고 있는 중인데 여기에도 있다 여기에서 나는 산책만 한다

횡단보도 맞은편에서 알 것 같은 사람을 본다 내가 손을 펴자 저쪽에서도 손을 흔든다

이제 집으로 돌아가야지 건조한 집으로

비 한 방울이 우산을 통과해 이마로 흐른다

나도 내가 좋아질 때가 있다 이런 것은 혼자만 아는 비밀이면 싶다

2부

성

그것이 되어간다
바라 마지않던 것
비리고도 신선한 것
비가 오고 고여가는 것
비가 오지 않아도 흘러가던 것
다른 곳에서 뚝뚝 떨어지는 것
붉으면서도 검은 것

그것이 되어간다
머리가 일곱 달린 것
다수의 이름으로 불린 것
하나의 이름도 진실되지 못한 것
언제든지 있으나 사라질 수 있는 것

그것이 되어간다

신비롭지만 불량한 것
불량하지만 예리한 것

마침내 미끄러질
우리는 그것과 손을 마주 잡는다

안드로이드 파라노이드

그것을 우리는 교환이라 불렀다
이불 속엔 사람의 몸 대신 블록들이 흩어져 있기도 했고
이것 좀 봐, 우리는 서로에게 서로를 끼워 맞추며
다른 차원의 가능성, 차원과 차원을 연결하는 문 같은 것을 상
상했다

시는 우리보다 가상현실이나 시뮬레이션에 어울린다고
안드로이드의 시는 우리와 다른 종의 것일 거라고
문학의 미래를 관망했다

우리를 지나치게 통과하는 것들
탈출과 변신의 게임, 인생에서 그랬듯 게임에서도
몇 개의 선별된 선택지들이 관문마다 나타났고

우리는 잘 만들어진 유럽식 성문 앞에서 알 수 없는 것들에게
화살을 쏘며, 앞으로도 간접적으로만 자랄 것

그런데 시뮬레이션 속에서 STOP이라고 적힌 표지판과 마주
한다면 어떤 표정을 지어야 할까

마을을 불태우고
차를 때려 부수고

마법사 정령들을 처형시키고
검투사는 사제로 전직하는 동안

다 교환하고도 아무도 가져가지 않으려는 우리, 교환의 잔여물들은 어떻게 되는 것인지

우리에겐 마음이 있었다

*

우리에겐 마음이 있었다

물속에 몸을 담그면, 마음이 몸으로부터 시작된다는 걸 알게 되고 일렁이는 정서로 산책을 나서게 되고 횡단보도 앞에서 녹색과 빨강이 번갈아 나타나는 걸, 겨울이 저 너머에서 시작되는 걸 바라보게 되었다 방으로 돌아와 침대에 누우면 이따금 네가 찾아오는 걸 느끼게 되고 몰락, 네가 공책을 펼쳐 끄적이는 소리를 듣게 되고 그러면 종이 위에 적힌 단순한 단어가 우리의 삶과 어떻게 섞이고 마는지, 어떻게 삶이 종이 위로 미끄러지고 마는지를 알게 되었다

'다른 몸이 될 수 있다면 내 팔을 잘라도 좋아'

나는 여전히 침대에 누워 로이드, 그래도 살아야지, 그런 말이나 뱉을 뿐이었는데 너는 고개를 돌려 물끄러미 나를 바라보았고

로이드, 우리 납치나 할까. 무엇을? 가장 먼 것을. 난 이미 납치됐는데? 너보다 먼 것, 이를테면 미래를. 미래를? 응 오지 않는 미래. 미래를, 다음 생을, 죽음을? 어제를, 오늘을, 지금을. 그런 것을 납치하면 고달프기만 할 텐데…… 그럼 다음 생을 이번 생과 교환해볼까 혹은 너와 나를, 죽음과 삶을 교환해볼까 이번 생은 이미 지나치게 통과하고 있으니까

바깥엔 눈이 내렸다 신경증처럼

현실에선 STOP이라고 적힌 표지판과 마주칠 때마다 울 수있을 것 같았는데 넘치는 것이 없었고

물에 몸을 담그지 않아도 마음은 사라지지 않았다

이따금 먼 곳을 생각하는 일은 도움이 되어서 깊고 쓴 식물들이 자라는 여름을 상상했다

홀로그램 속에서 먹고 자라며, 인어와 인간을 차례로 배운 안드로이드를, 그들의 신경증적인 꿈을 상상했다

그 속에선 절단된 몸들이 나무마다 걸려 있었고 잘린 부위마다 마음이 변질되고 있었고 로이드는 근처를 서성이며 이 몸을 바꿀 수만 있다면, 팔아넘기고 교체할 수만 있다면, 했다 교체된 몸엔 더없이 무성적인 계절이 깃들 텐데…… 그런데 교체된 팔로부터 시작될 마음은 어떻게 감당할 수 있을까

*

'몰락. 우린 무엇도 되지 않을 것이다 의미 있지도 없지도 않은 교환이 몇 번 지나고 나면 우린 다 끝나 있겠지 그게 계절이든 이름이든 사랑이든 마찬가지일 거고 우리는 우리의 반복적인 증상과 함께할 거다'

*

그것을 우리는 교환이라 불렀는데, 종래엔 모든 것이 교환이라 불렸다

교육을, 공감을, 언어를, 형벌을, 기억을, 관계를

교환되지 않는 것이 없어지자 마음이라 할 것은 없는 것이나
마찬가지였는데 몸은 아직 남아 있었고

마을을 불태워도 마을은 있었다
차를 때려 부숴도 차는 있었다
죽고 싶어서 죽고 싶어졌고
우울해서 우울해졌다
이 동어 반복의 세계에선

몇 번의 선택으로 인생이 크게 나빠지지 않았는데 우리는 곧
잘 잘못된 것처럼 생각되었고 시뮬레이션 속에서 여러 번 죽고
나자 이것이 곧 아무것도 아님을 알게 되었다

그러나 우리의 다음 세대가 인간이 아닐지도 모른다는 생각,
그들이 우리의 신경증을 유산으로 물려받을 것이란 생각만으로
연민은 시작되는 것이다

페트로누스

그 사슴의 털을 쓰다듬으면 나는 과거를 망각하게 되고 나의 차가운 귀와 익숙한 겨울의 농도 창밖으로 침착하게 내리는 눈들 문득 나는 새벽 네 시를 이해하게 되지 사슴은 착한 눈으로 나를 가만히 들어 올린다 이곳의 오두막, 나는 사슴의 뿔을 잘라주고 이곳의 미래, 나는 조용한 동물의 마음으로 아무것도 생각할 수 없게 된다 나는 정지하고 사슴은 숨을 몰아쉰다 촉촉한 코와 긴 목 내 몸은 천천히 분할되어 어디론가 날아가려 한다 사슴은 호흡으로 몸을 부풀리고 있었다 겨울이 그곳에서 발생하고 있었다 내 몸의 분자들 사슴을 휘돌아 감고 나는 내가 알던 것이 완전한 겨울은 아니었음을 이해한다 투명한 사슴의 발굽 사슴의 침착한 맥박 이제 그곳엔 시선이 남고 단지 사슴이 있었다 날이 밝아오고 창문으로 빛이 들어왔다 사슴의 털이 빛나고 있었다 겨울이었다

성장기
—굴의 아이 3

삶은 난데없는 것. 그렇게 쓰고 나자 정리되는 것이 있었습니다

지난여름, 굴의 아이는 낙서에서 태어나 메모장 속을 살았고
저는, 남자가 되고 싶은 것이니?

질문받았죠 꿈속의 일은 아니었습니다 그랬다면 손에 들린
배나 살 살 깎아 먹어치웠을 텐데

아, 아버지……

벌린 입속으로 굴이나 넣어드렸죠. 한 손에 든 식칼로 다른
손에 든 굴 사이를 헤집어놓으며 어머니 아버지 입속에 하나씩.
철마다 속절없이 그랬습니다. 큰딸은 그렇게 해야 마땅하다는
듯. 마땅한 대우를 제공해야 한다는 듯이.

벌써 철이 든 거니? 독립이나 하지 그래, 여자친구는 혀를 쯧
쯧 차며 재촉이었지만

철이 지나고 다음 철이 될 때쯤엔 여자친구는 없고 그 애가
말한 독립이 잿빛에 거무죽죽, 침 냄새 나는 종류의 것이었음을
알게 되었을 뿐. 침방울이 튄 뺨을 닦으며, 속절없이

계절이 지나가고 있었습니다
메모장이 넘어가고 있었습니다

*

그래서 정말 남자가 되고 싶은 게 아니냐?

꿈속의 일이니까 배나 마저 깎도록 하지. 굴의 아이는 식칼을 들고 살 살 둥그런 것을 더 둥글게 깎고

아버지, 그놈의 지긋지긋한 메모장은 왜 여기까지 들고 왔어?
아버지가 들고 온 것이 아니야 하지만 미안하구나
됐어, 머리밖에 없는 아버지는 좀 귀엽군

굴의 아이는 둥근 것의 살을 잘 조각 내 아버지 입속으로 하나씩 넣어주고

그래서…… 정말 아니냐?

굴의 아이는 목 위로 딱딱한 머리의 껍데기를 연신 쓰다듬으며 한숨을 푹푹 쉰다

아버지, 잘 봐봐요 내가 배를 깎았죠 껍질을 이렇게 얇고 길게 깎아서 잘 떨어뜨렸잖아 다음 장면에선 이 애가 뱀이 되어서 수풀을 헤치고 나아갈 거야 이런 걸 뭐라고 하는지 알아요? 회

피. 그럼 저는 걔를 따라가다가 앞에 벽이 있는 줄도 모르고 머리를 쾅 부딪칠 거야. 이런 건 뭐라고 부를까? 녹다운. 그다음 단계가 직면이에요. 우린 순서를 따라가야 해. 지금은 대답할 때가 아닌 거예요 아시겠죠?

얘야, 그럼 나는 왜 여기에 있는 거냐?

아버지, 아버진 당신 인생을 이해해보려고 해본 적 있나? 난 있지. 아버지를, 아버지가 단순히 소년이었던 순간부터. 하지만…… 이해해봐도 어쩔 수 없었지. 우린 우리의 역할극을 계속할 거잖아. 난 딸이니까 입 다물고 아버지한테 잘 보여야만 하는 거지. 도망쳐봐도 별수 있나?

굴의 아이는 아버지 머리를 들고 귀 코 입 둥그런 것을 더 둥글게 다듬고
굴의 아이는 아버지 머리를 굴 껍데기 사이에 넣는다

아버지 내 말이 정말이지? 그렇구나. 신음만 내는 아버지를 대신해 굴의 아이가 대답하면 바닥에는 어느새 노란 뱀이 꼬리를 흔들고 있고

장면이 지나가고 있었습니다
바닥에 떨어진 메모장이 넘어가고 있었습니다

*

　난데없이 부모가 된다는 것과 난데없이 부모를 가진다는 것. 아이는 태어나고 아이는 정상적 규범에 맞지 않는 것처럼 보이고 시간은 계속 흘러가는데 아이는 혼자 크는 것처럼 생각되고 부모는 아이에 대해 생각해볼 겨를도 없이 늙어가고. 부모는 왜 문을 열어보려고 하지 않았지? 아이는 왜 안방 앞에서 한번 노크해보지 않고 기다리고만 있었지? 녹다운의 계절. 아픈 머리를 감싸고 저는 한번 일어나보려고 하지 않았습니다. 이해할 수 있는 것과 이해할 수 없는 것. 미워할 수 있는 것과 미워할 수만은 없는 것. 메모장 속에는 무수히 많은 끝이 있고 무수히 많은 시작이 있었습니다 페이지가 넘어가고 시간은 계속 흘러가는데 일상은 반복되는 것처럼 보였으며 질서와 순서 속에서 우리는 평온해 보였습니다 방문을 열면 난데없이 다 자라 있는 아이가 입을 열고. 어머니 아버지 나는 집을 가지고 싶은데 집을 떠날 수 없어. 집을 부수고 싶은데 집을 부술 수 없어. 굴은 껍데기부터 자라났을 텐데 그 속에서부터 얼굴이 녹고 있는데, 모든 것이 꿈속의 일은 아니었습니다 녹다운의 계절. 부끄럽게도 저를 대신해 아버지가 더 일해주셨고 여름이 흘러가지 않았습니다

*

여긴 옷장 속이군. 저건 엄마의 목소리고. 엄마는 떠들썩한 사람이지. 사랑스러운 사람. 열두 살, 열세 살. 엄마는 네 옷장을 핑크로 채웠다. 도무지 어울리지 않아서 입히다 보면 어울릴 수 있단 생각만으로. 어째서였을까. 엄마도 어딘가 네가 이상하다고 생각한 걸까. 핑크 바지, 핑크 조끼, 핑크 샌들을 신고서. 학교 집을 오갔지. 집에 돌아와 꿈을 꾸면 너는 네 방의 벽을 청록으로 다 칠해버리고 페인트 냄새에 취해 누워 있을 뿐이었는데. 어쩐지 너는 생떼를 부릴 수도 한 번 거부할 수도 없었고. 단둘뿐인 동생은 인형과 장난감 차의 왕국에 살고 있는데. 너는 옷장 속에서. 무엇을 느끼고 있었지?

뜨거운 게 마음 깊은 곳에서 올라오는군. 아직도 여름인가? 아니다 여긴 냄비 속이군. 삶고 굽고 그렇게 또 한 번 먹힐 작정이군.

무방비하게 입을 벌리면 뚜껑을 든 엄마는 눈물을 뚝뚝 흘리겠지.

그래서…… 아니냐?

엄마 난 핑크가 싫어 하지만 남자가 되고 싶은 것은 아니지
엄마 난 꽃 귀걸이가 싫어 하지만 남자가 되고 싶은 것은 아니야
엄마 난 내 몸이 제일 싫어 몸을 싫어하고 싶은 것은 아니었

지만

　엄마, 가 준 옷이 내 몸에 꼭 들어맞아서 드러날 때 그 곡선이
싫어

　하지만 정말로는 굴이 싫어 달마다 뚝뚝 떨어지는 피가

　엄마가 입에 넣어준 굴, 맛있다며 고개를 끄덕였지만

　엄마 난 엄마를 사랑하지, 이것만이 믿을 수 있는 진실

　그러나 삶은 난데없는 것 뚜껑을 든 것은 새 여자친구였습니
다 넌 굴의 정체를 모르는구나? 메모장을 들고 읊어주는 내용,
그것은 까맣게 잊고 있었던 제 무의식의 기록이었습니다

*

　굴을 여름에 먹어서는 안 된다

　굴은 수컷에서 암컷으로 몸을 바꾸는 교대성 자웅동체

　여름, 성별 변환기에 생기는 독

　뚝뚝 흐르는 것

　내 꿈은 굴의 중간 단계, 독이 되고 마는 것

　계절성 성 정체성에 다다르는 꿈

　나는 굴이 싫고…… 굴이 부럽다

*

삶은 진행되는 것. 그렇게 써도 크게 달라지는 것은 없었습니다 그러나

이번 여름, 굴의 아이는 더 이상 메모장 속에 등장하지 않았고 여자친구는 아침마다 배를 깎아 먹었습니다 입을 벌리고 기다리면 내 입 속에도 배가 하나씩 들어오고

굴이라고? 초장에 찍어 먹는 게 어때?

여자친구가 입맛을 다시며 말하니까 저도 겨울을 기다리게 됩니다 조금씩 굴이 기대되기 시작합니다

하나 둘 셋 넷 다섯,
가족과 가족 사이
갑자기 하나 더
새롭게 하나 더

껍데기로 쌓아 놓은 집, 낙서하고 나면 메모장은 끝이 보이고 저는 더 크고 새하얀 노트를 사야겠다 결심하는 겁니다

셋

누가 끊어낸 꼬리인지, 잠시 꿈틀거리다 멈추는 동안의 시간
내 것도 네 것도 아닌 제3자의 세계가 있다

필담과 필담 사이

너는 여러 번 말했지
시작도 끝도 아닌 절정이 있어
희망도 있고 장래희망도 있지
잠이란 건 이상하고
꿈이란 건 더 해괴해

꿈속에 꼬리를 파닥대며 서핑하는 애들이 있어
제3자의 발견은 근사하고 무서워서
꿈속에서 그는 나를 괴롭혀 서핑 보드에서 미끄러지고
다시 일어서도 트라우마 같은 건 없다고 해
네가 내게 말한 것들,
너를 너라고 부르기까지 너도 나도 없었고
너를 너라고 부른 다음에야 나는 나를 나라고 한다
이제부터 줄곧 도망쳐야 한다

꿈속에만 있는 사람이 있고

꿈속에서만 난 그를 기다려
다른 꿈 다른 곳에서 그는 너와 입맞춤했다고 했지
그때 너는 절정이었니?

나는 말한다
해저화산이 보이는 유리 호수
파도치지 않아
서핑은 없지만 미끄러지긴 하지
스케이트를 탄다 우아하게
네가 나를 목줄 매고 산책시킬 때
나는 네 손목에 수갑을 채워 산책시켰지
꿈속에서 그를 만난 적 없다
그의 꼬리와는 아주 많이 만나 악수했다
날을 세워 유리 호수를 찍으면
갈라질 듯 금만 가고
네가 계속 서핑 보드를 타는 것처럼
나는 줄곧 너를 생각하겠지만
네 꿈속에 화산 하나를 내려보내지

텍스트와 텍스트 사이

봐, 나와 네가 모여 그를 말할 때 구축되는 3자 구도의 세계
우리의 필담 속으로 절단면을 내려보내는
그는 무엇을 보고 있길래
해저지진을 일으키는 그의 꼬리는 어디에 속해 있길래
작은 도마뱀처럼 우리는 매번 덤벙대며 꿈에서 도망치지?
그를 그라고 부르기까지 우리는
우리를 우리라고 부를 수 없었고
막상 우리라고 부르면 왜 그는 없어도 될 것 같지?

꼬리가 아직 꿈틀거리는 순간에는
영원히 꿈틀거려도 좋다고 허락될 것 같고
받아 적고 나면 나는 이미 내게서도 3자이지

중성인간

오늘은 중성인간이고 싶습니다 5 대 5 가르마처럼 정갈하게 얼굴을 나눠 가진 남녀이고 싶어요 그럼 한 몸으로도 생식할 수 있을 거예요 당신이 필요하다고 느끼는 날엔 다른 음높이로 수다를 떨어보고 딸이 보고 싶은 날엔 몸을 갈라 왼쪽으로 분열해보고, 오른쪽으로 갈라 아들도 안아볼 수 있을 텐데. 아무래도 오늘은 구김 없이 여럿인 것 같은 날입니다 하지만 왜 펼칠수록 곤란해질 것만 같은 예감이 드는지. 그러니 반쪽의 나는 잘라서 보관해두고 다른 반쪽의 목소리로만 말할래요 선을 하나 그어 다음 날엔 다른 쪽 목소리인 거죠. 이제 놀아줄래요? 전혀 모르던 사람처럼 가볍게요 엄마 아빠의 손을 잡고 아이들은 모르게 오른손 왼손이 서로를 잡고 뒤통수를 내려치게. 괜찮아요? 당신도 처음부터 그 성별이진 않았겠죠 반쪽은 친밀하고 나머지 반쪽은 예의 차릴 만큼 타인인 거죠

해피니스

나는 입술을 모아 오, 하고 발음한다
그리고 깨끗한 항문을 생각하지
핑크에 대한 나의 취향이 나를 여기까지 끌고 왔다고
입술 주름 개수를 세는 것에는 늘 실패한다고

그리고 청록의 방
불을 늘 꺼두는데도 청록의 방,
이라고 부를 줄 아는 나의 의지가 이 방에 의자 하나를 두게 했
다고
늘 넥타이를 매며 생각하지
사람들은 자기 목에 줄 하나 매는 걸 좋아한다고

오,
플라스틱 플라밍고
너는 불타고
너는 녹고
네 핑크 형광 블링블링은 사라진다

청록을 너무 오래 들여다보면 자기 목을 조르고 싶어지니까
핑크는 뭐든 배설해내니까
놀랍다
어제저녁 뉴스에선 지하철 문에 끼여 사람 하나가 터졌고

내가 기르는 핑크 플라밍고는
얼마나 짓눌러야 황소개구리가 터지는지 알고 싶지

오,
붉으락푸르락한 사과
너는 싱싱하고
금방 무른다
썩어도 향기로운 게 과일이지
나는 이제껏 과일 아닌 것만 먹어온 게 틀림없고
이 과일은 내 귀여운 플라밍고의 것 플라밍고는
배설된 것의 냄새를 알지
핑크는 금방 더러워지고

청록은 마지막까지 나를 붙잡고
밤중엔 의자 위에 내가 올라가게 되니까
유독하다 몽유병,
쏟아진다 쓰러진 병 속에 액체가

그리고 꿈속의 웜홀
몸속 따뜻한 구멍과 그 속에서 왔다 갔다 한 벌레들과 우주의
어느 왜곡된 구멍이 겹쳐진,
동그란 곳으로의 초대

내 구멍으론
핑크도 청록도 아닌 무수한 모서리들이 미끄러지지
네모반듯한 침실에 누워 볕에 바싹 마른 흰 시트를 덮고
한 움큼의 알약을 뱉어낸 뒤 고백하지
세상 날카로운 것들을 사랑해

아무도 찾아오지 않는 방에 앉아 별을 그리는 나의 취향이란,
하나는 핑크
하나는 청록
두 개로도 별은 완벽해지고
나는 모서리 경계로 미끄러지지

생활

―오토매틱

오전 11시 점도 없이 맑은 낮잠
수은에서 헤엄치기
허우적거리는 팔과 얼굴과 다리

수은은 실온에서 액체인 금속입니다 수은, 중얼거리면 이름 같습니다, 누구일까
남 생각하는 시간은 아깝고 신경증은 없어요

*

수은에다 1페니를 띄워도 가라앉지 않습니다
동전보다 수은의 밀도가 높아요
원자번호 80번 원소들의 세계에는 원소들만
나의 책상 위엔 내 종이들만
1인실에서 생활합니다 그곳까지는 복도가 있습니다 비가 올 때 젖은 우산들 펼쳐져 있습니다 지그재그로 가야 합니다 지그 재그로 물웅덩이가 모입니다 밟는 것에 죄책감을 느끼면 안 됩니다 복도는 일직선 책상은 네모 액체는? 생활입니다 비는 밖에서 오고 안으로 흐를 것 건물은 안으로 물을 기릅니다 그런 것에 복도는 무감합니다

*

로퍼에 1페니를 끼워봐 흘렸어? 더 빌빌대면서 동전을 찾아봐 대열을 이탈했어? 행운을 빌어봐 총탄이 네가 있던 곳을 스쳐 지나갔다고 생각해봐 긍정은 질렸고 부정은 끔찍해?

페니 로퍼에 1페니를 끼워놓으면 행운이 찾아옵니다 없으니
십 원짜리로 대신
새 상품은 당분간 신선
새 신을 신고 걸어 다녀도 사람 사는 곳 다 거기서 거기
희망도 절망도 양 겨드랑이에 모두 가득 짊어지고

*

(책상 위에 둔 A4용지들이 자꾸 사라진다)
누가 네 것을 훔쳐 가면 처음부터 네 것이 아니었다고 생각해
페이지를 넘겨
과도한 신경증이야
억울함도 죄책감도 느끼지 않는 것이 중요해 죄책감이야 예전에 저지른 일 때문에 벌 받는 거야 스스로를 처벌 가능해
알고 있어
벌은 그렇게 오지 않아 알고 있는데 그건 죄가 아니야 신경증이지 알고 있어 편집증 알지 아는데……

메틸수은에 중독되면 신경이 마비되다가 죽습니다 병명은
미나마타
수은 질질 흐릅니다
수은 누구의 이름이거나 암호 같은
미나마타 현에 사는 여성 혹은 여성도 남성도 아닌 녀석
상상 속에서 중독은 아름답습니다
현실에선 수은에 중독된 생선 잡아먹고 수백 명 떼죽음

*

하루 죽은 것처럼 내일을 미루기 고개 들고 창을 보면 책상 옆
에도 빛이 들어와
유리는 소화한 걸 그런 식으로만 토해내는 걸까 유리의 방식
사랑스러워 거의 굴곡 없이 통과시키는
경계 유리 속을 통과할 때 뻑뻑해 유리의 방식을 익히는 거
투명해지려면 어쩔 수 없이
견뎌 유리는

고체가 아닌 액체입니다

수은의 어는점 -38.83℃ 끓는점 356.73℃

금속 위에 상반신의 생선 하반신의 인간이 헤엄치기
수은 증기로 구성된 낮잠
유독성

창문 밖으로 총탄이 날아갑니다
어째선지 내부는 강화유리로 보호되고 있습니다
오전 5시 반 당분간 나는 금속, 오토매틱입니다

고기 공

그래요,
제 가슴살을 떼어 뭉친 이 공을 보세요
속에서부터 규칙적으로 뛰고 있는 이 맥박을 보세요
이 공은 피부처럼 부드럽고 탄력이 있습니다
이 공은 제가 형상화한 두 번째 물성입니다 세 번째 감정입니다 일곱 번째 타성입니다

당신은 이제 이 공을 철창 안에 가둬둘 수 있습니다
　삐걱삐걱 맥박 소리가 나겠지요
당신은 이 공을 벽에다가 던지고 받아볼 수 있습니다
　보통의 테니스공 같겠지요
당신은 안주머니 속에 이 공을 품고 다닐 수도 있습니다
　그러다가 당신의 살점이 돼버릴 수도
겉면에 왁스를 발라 단단해진 표면, 딱 딱 소리 나게 바닥으로 떨어뜨릴 수도
　떨어진 것을 다시 주울 수도 있습니다
이것을 삶아 먹어도 좋습니다
　그렇다면 이것은 형체를 잃고 두께가 일정한 당신의 내장이 되겠지요

이 공, 방금 당신이 초능력을 썼다 해도 무방할 만큼 멀리 던져버린, 이 온기 있는 것이 날아갑니다

어쩌자고 이런 걸 만들었어, 텔레파시라도 전달됩니다
어쩌자고 태어났니, 저도 묻게 됩니다

　어째서,
끝도 제대로 맺지 못하고 날아가는 긴 볼-
피치가 도무지 떨어지지 않아 부러워지기까지 하는 저 긴 볼-

아니요, 영영 잊고 싶어집니다
이제 그 볼은 제 눈에 보이지 않게 되었으니까요
눈에서 멀어지면 마음에서도 멀어진다는, 그냥 하는 소리인
데요
　저 안 보이는 곳까지 우리는 설마 같은 맥박으로
　궤적으로 날아가고 있는 건 아닐 것입니다
　당신도 심장이 뛰긴 뛰었을 텐데
　　어째서
　내가 바라던 것들은
　나의 첫 번째 두 번째 아홉 번째가 되어주지 않았을까, 묻습
니다

　네, 실수였습니다
　계속해서 날아가는 공, 하나 둘 풀숲으로 떨어지는 살점들,
투명한 힘만 남아 궤도를 이탈할 때쯤엔

이미 저의 능력으로 수습할 수 없는 조각들, 바닥을 딱 딱
쪼는 비둘기 떼 소리, 당신에게도 들릴까, 궁금해질 텐데

네, 거기에 잘 계시겠죠
잘 있냐고 묻기도 전에 끝을 정하고
저도 모르게 다쳤습니다
어쩌다 떨어질 공, 머리 조심하시라는 말
전하려던 거였습니다

3부

백 개의 튜브가 떠 있는 바다

로이드는 걷고 있다

바다에 닿으면 모든 것이 좋아질 것이다, 믿고 있기에 걷고 있다

바람이 빠져 너덜거리는 튜브를 어깨에 멘 채

때때로 사람들에게 길을 물으면 제각각의 바다를 가리켰고

그는 그때마다 방향을 꺾었다

도착하면 튜브를 타고 물 위에 잠깐 떠 있다가 나올 것이다, 로이드는 그 기쁨이 대단할 것이라 믿고 있기에 걷고 있다

사람들은 그것이 매우 기쁠 것이다, 입을 모아주었고

그렇지만 로이드는 너무 오래 쉬지 않고 걷고 있다

그에게 그 바다는 기쁜 것들 중 하나였을지 모르는데 기쁨의 가짓수는 점점 줄어서 바다를 떠올리지 않을 때

그는 슬펐고 가끔은 바다를 생각할 때 슬펐다

로이드는 이제 걷다가 눕다가 한다

걷다가 눕다가 한 번은 너무 오래 누워 있었을 때 이곳은 아주 큰 섬이니까 직진만 한다면 바다에 닿을 것이다, 알게 된다 그러니까

로이드는 걷고 있다

닿지 않을 수 있다는 걸, 닿아도 무엇 하나 좋아지지 않을 수 있다는 걸 알 만큼 그는 오래 걸었기에

가끔 앉아서 튜브를 불어보는 것이지만 바람이 새고 있다는 걸 알게 된 지도 오래다

플라스틱 냄새…… 가끔씩 기억나는 어린 시절의 물컵들은 알록달록하고

튜브의 구멍으로 건너다보는 타원의 세계는 찌그러져 있고

그가 간직한 것이 물컵이었다면 세계의 테두리도 달라 보였을 거라고, 로이드는 생각하게 되지만

오래전부터 걸어왔기 때문에 그는 걷고 있다

가끔 바다에 닿는 사람이 있다고 했다 아는 사람이 바다에 닿았다고도 했다

그 바다에 대해 말할 수 있는 것이 없어 입매가 평평해질 때마다

두 팔에 힘을 빼고

로이드는 단지 두 발이 앞을 향하고 있어서 걷고 있다

두려움이 아닌 흉내

마음을 형상화하고 이름을 붙이고 꽃나무, 불러도 보고

꽃나무, 나는 이해할 수 없어
너를 망치고 싶어서 달려 나가는 나를, 아게르는 중얼거린다

벌판 가운데 네가 있고↰
네 속으로 몇 번의 겨울이 지나갔는지 세어볼 수 없고

잘라내야 나이테를 볼 수 있을 테니까

그러니까 꽃나무, 내가 어려워하고 있지?

눈을 맞아 이따금 가늘게 떠는 가지들

너를 망치고 말까 봐 도망치는 나를

벌판 가득
죽어서 번식하는

아게르의 눈을 가리고 있으니까 세어볼 수 없다

↰ 이상, 「꽃나무」의 구절 변용.

아게르, 까마귀 마을
—굴의 아이 1

아게르, 나 널 봤어 푸줏간에서 고기 끊어 가려던 너를. 아무 말 걸지 않았지 아게르 넌 여전히 창백하더라 비쳐 보이는 것이 있는 네 얼굴, 비껴 보았어 예전이라면 깊이 들여다봤겠지 두 손으로 얼굴을 감싸면 너도 내 눈을 바라보곤 했었잖아 한번은 네가 말했지 너도 나였구나, 웃는데도 웃지 않는 얼굴로 말이야

아게르, 난 이제 얼굴 대신 굴을 얻고 다녀 껍데기가 아래위로 꽉 맞물린 굴을. 이제 비쳐 보이는 것도 없고 새들이 잠깐씩 앉아서 부리를 맞대기도 해 때때로 똑똑 두드려보는 사람들도 있어 그럴 땐 죽은 척 반응을 보이지 않지 아게르 그거 아니 난 너 같은 사람, 더는 만나지 않으려 했어 네가 들으면 섭섭할지 모르지만, 어느 날 쨍하고 깨진 얼굴로 거기 비친 나까지 깨트릴 사람, 곤란하다고 생각했거든

그런데 아게르 까마귀는 그만 보내 네가 까마귀 밥을 챙겨주는 걸 봤어 새빨간 핏물이 뚝뚝 떨어지는 고기를, 모두 공중에 흩뿌리며 울고 있었잖아 이곳 까마귀들은 울음을 배워, 누가 울면 더 크게 울림통을 부풀리지 그게 싫어서 마을 사람들은 잘 울지도 않고 나도 그런데…… 네 육즙에 맛 들린 까마귀가 밤마다 내 굴을 다 훔쳐 먹고 가는 걸 아니 아침마다 거울 앞에서 겪게 되는 이 텅 빈 기분을. 껍데기를 잘 닫아두면 티 나지 않지만 누군가는 알아보는 법이야 나도 이젠 보이는 걸 거리에 투명한

애들이 있어 난 그 애들의 손을 붙들고, 그렇게 웃지 말라고 말하게 돼 그 애들의 잘못이 아닌데도 그렇게 하게 돼 아게르, 하나 마나 한 말이야 시간이 흐르고 돌이킬 수 없는 일들이 생겨

　아게르, 벌써 4년이 지났어 달에 꼭 한 번은 흘러넘치는 굴처럼 울컥 네 이름을 뱉곤 했지만 시간이 해결해줄 거라고, 사람들이 그랬어 10년 전 일들에 꽁꽁 묶여서 늘 술병을 깨트리는 너에게도 같은 말을 해줬겠지 그래도 미래, 이 두 글자 말의 어감엔 자꾸 중얼거리게 되는 뭔가가 있는 것 같아 아게르, 이제 그만하려고 해 이번만은 진심이야 네 까마귀 친구의 목도 방금 비틀어버렸고 멀쩡한 우리 집 창문도 다 깨버렸어 오래전에 너는 살고 싶지 않다고 했지 그게 죽고 싶단 말은 아니라고도 했어 아게르, 죽지 말고 살아가 왜 그래야 하는진 나도 몰라 그래도 살아가, 이 세 글자 말의 어감엔 내 진짜가 섞여 있어 그래, 그땐 나도 너였지 우는데도 울지 않는 얼굴로 말이야

장거리 연애와
바닥에 흥건한 스파게티 소스

그러니까 입안이 깔깔한 것이다, 너와 통화를 하면 그 시간의 네 배는 비린내가 났지 네가 쏟은 탄성이 나인 것 같아 나는 메마른 녀석이 아닌데 너에게만 작고 가여운 짐승 같아서, 나도 모를, 그런 이상한.

"우유가 튀었어 바닥에. 닦으라고 하지 마 쥐나 뱀이 핥게 놔둬. 내가 온몸으로 문지르게"

시작부터 나는 타고났지 갈라진 혀를 적당히 낼름거렸다 여럿에게 사랑받던 애완동물 달콤한 버찌 씨 그러니까 너와 몇 년간의 통화를 끊고 나면
바닥엔 우수수 널린 혀들 후드득 떨어진 머리카락 내 팔은 이미 잘렸고 하반신은 뱀 나는 내가 아니고 흩날리는 석고상 입 맞춰줘요, 내가 정말은 네가 아니게 내가 정말은 사라져버리게

"이렇게 말하는 건 흔해서 잘 상하지, 알아? 네가 해주는 말 다 이런 식인 거. 신물이 나 뚝뚝 떨어지는데 쥐들이 핥게 놔두라니깐? 내가 온몸으로 문지르게"

따라 하는 건 쉬웠어 네 탄성을 되돌려줬어 네가 쏘는 대로 쓰러졌지 어려운 일은 아니니까. 사람들은 그걸 사랑의 힘이라

고 하던데. 매주 일곱 개의 혀로도 나는 권태롭고 일곱 발의 총성에도 살아 있으니 이것 참 대단한 사랑이구나, 너는 또 그걸 꽤 좋아했고.

내 이야기 속 너를 사랑했다 기분 좋은 날씨가 계속되고 즐거웠다 근데 왜 외롭다고 하니 네가 그럴 때마다 난 먼지 바닥에 코를 대고 치즈를 굴리는 것 같아 모서리에 갈려 뚝뚝 떨어진 소스들 넌 눈을 감은 채로도 흥건한 바닥을 짚지 예쁜 손가락으로 맛보고는 아 비리다, 작게 놀란다 그런 네가 아직도 귀엽고, 하지만

"저기, 스테이크 칼이 내 복부에 박혀 있는데 언제부턴진 모르겠어 네가 좀 빼줄래? 진짜로는 그 칼이 내 정체거든. 이 말을 믿어? 그 뒤로 계속 난 혼자야. 찍찍."

귀여운 목소리론 꺼낼 수 없는 말.

욕조 속의 오수

지난밤과 지난밤과 지난밤
변기 물이 회오리치며 내려가는 걸 무수히 확인했지요
처음도 끝도 화장실에서였으므로
중간 역시 화장실이 아닐 수 없는,
말라깽이 소녀 오수의 인생
한때 건강하고 긴 삶을 살 수는 없을까…… 고민했지만
지금은 친밀한 욕조랑만 있습니다

욕조 속의 인간

한때 다정한 할머니였던 유령 G가 빈 욕조로 돌아와 말한다

　엄마는 나를 욕조에 낳았고
　욕조에서 엄마는 할머니 밖으로 나왔고
　또 할머니의 엄마 역시 그러했으므로, 우리는 욕조의 부족이
아닐까?
　글쎄 나는 나랑 엄마랑 할머니밖에 모르니까
　우리의 핏줄은 삼대까지로만 결정, 된 게 아닐까
　그사이 삼대 너머의 얼굴들은 모두 잊혀지고
　그렇다면 우린 잊혀질 부족의 후손들인 걸까!

목욕물을 받으며 오수는 대꾸한다

태엽을 감으면 스킨스쿠버가 헤엄치는 이곳에서의 인생……
농담도 못 치겠군요

웃고 말하고 식사하다 싸우고 헤어지고 돌아왔지만 1인용 욕
조에 눕는 것으로 한 명분의 목숨이 정의되다니

나는 너무나 조숙한 아이

물때를 보며 오늘의 화장실은 너무나 지독하다, 생각해버리
지만

안녕하세요! 오늘도 죽은 할머니 어쩔 수가 없습니다

인간으로 이루어진 욕조

지난 낮에 꾼 꿈을 지난 낮의 지난 낮에도 꾸지

못 살아! 꿈속에서도 내가 오수라니, 잊혀진 시체들로 이루
어진 욕조, 시퍼런 입술들, 부드러운 뱃살, 꼭 붙들어 안아주는
팔들, 내 동생아 결국 너 대신 내가 태어났구나, 바라고 그런 건
아니었지 언니가 미안해, 코피를 좀 나눠 줄 수밖에, 탄력! 놀라
운 종아리! 두부와 다를 바 없는 어린애의 머리로 뭘 꿈꾸니? 때
에 절은 몸 좀 빡빡 씻어보아라, 정말 못 살아, 꼭 욕조를 삶이

라고 고쳐 부르고 말아야 하는 인간들, 팔짱 끼고 미간 찌푸리
긴······

처음도 중간도 화장실에서였으므로
끝 역시 화장실이 아닐 수 없는, 말라깽이 오수의 인생

어차피 뒤돌아서면 화장실에 가고 싶었는걸, 오수는 중얼거
리고

욕조에서 죽는다는 것은 다른 죽음과 특별히 다를 것 없지요
오수는 그저 가득 찬 거품에 대고 후— 불어볼 뿐

나는 무신론자
천국을 믿지 않고
다시 태어나고 싶지도 않지요
윤회를 믿는 당신들은 윤회하시고
천국을 믿는 당신들은 천국에 가시길.
나 소녀 오수는 오른손을 들어 코 한번 훔치고
열이 오른 뒷목을 쓸어보기만 할 뿐.
한 번 죽기 위해 태어났으니
한 번 살아야지요
어쨌든 그래야지요

그러나 그때 비누칠한 욕조 안으로 미끄러지는 발 하나,
유령 G는 대꾸한다

정말 그러니?
건방진 녀석, 네 엄마도 엄마의 엄마도 걸핏하면 건강하고 긴
삶, 을 원했지
애야, 정말 그렇게 살고 말겠니?

택시, 이리로 와요

　가장 고요한 곳으로 가면 안 된다는 말을 듣고서 택시는 걸어가기 시작했다 가장 고요해지기 위하여 아무도 없는 사거리 횡단보도를 건너 은행과 교회를 지나 지하철역 계단 밑으로, 더 밑으로 내려갔다 나는 꿈속에서 들었던 택시, 이리로 와요 라는 노래를 흥얼거리며 이리로는 오지 않을 그녀의 뒤를 쫓아 더 좁은 곳으로 들어갔다

　가장 좁은 곳의 문을 열자 의사 Dr. 택시는 택시의 따귀를 때렸다

　당신은 택시가 되어야 했던 운명이군요 잘못 태어나셨습니다 당신은 다른 곳에 가야 합니다 지금부터 처방해줄 테니 조용히 있으세요

　택시는 나는 택시다 나는 택시다 반복해 중얼거리기 시작했고 나는 택시가 색시로 색시가 세 시로 변해가는 발음을 따라 했다 그러자 우리는 꼭 노래하는 것처럼 보였다 그동안 의사는 담배를 처방했다 하루 세 번 식사 후 필터는 빼고 꼭꼭 씹어 드세요 한 번에 삼키는 건 안 됩니다 잠시 뒤 필터까지 한 번에 삼키고 한층 더 우울해진 택시가 물었다 그럼 저는 어디로 가야 하나요? 그러자

벽돌로 이루어진 의사가 무너져 내리기 시작했다 무너진 Dr. 택시 속에서 한 대의 찌그러진 유령 택시가 헤드라이터를 깜박였다 택시는 택시 속 운전석에 올라탔다 나는 택시의 앞좌석이나 뒷좌석에 앉아 택시가 운전하는 것을 지켜보았다 앞좌석의 흰 가운을 입은 내가 택시에게 말했다

아모르 파티. 너는 네 운명을 사랑해야 한다. 아모르 파티.

뒷좌석의 나는 앞좌석의 나를 믿지 않았다 나는 차라리 운명행진곡을 지어 불렀다 운명 운명 운명하셨습니다 그런 말을 하는 너나 운명해버려

택시는 내 노래를 따라 흥얼거렸고 우리는 마치 침묵하는 것처럼 보였지만 가도 가도 운명의 유턴 지점은 나오지 않았다
가장 고요한 곳으로 가는 거 아니었어 브레이크? 택시는 침묵하지 않았기에 가드레일을 발견했다
더 시끄러운 곳으로 가보는 거지 뭐
갑자기 주인공이 된 브레이크는 자신의 운명을 믿지 않았기에 가드레일로 돌진을 허용했다

찌그러진 택시는 더 찌그러져 가장 좁은 택시가 되었다 벽돌로 이루어진 운전석의 택시와 앞좌석의 나는 무너져 내렸다 뒷

좌석의 나는 벽돌들을 치우고 운전석으로 옮겨 탔다 저 앞에 원피스를 차려입은 누군가 나를 향해 손 흔들었다 택시, 택시, 어디로 가야 하나요?

나는 그리로는 가지 않기 위하여 헤드라이터를 깜박였다

아게르의 제사장
—굴의 아이 4

만월, 새로운 병이 찾아올 거다 눈을 감고 손으로 더듬어볼까

물컹거리고 냄새나는 것이 있어 그걸 살이라 하고

두 손 모으면 축축하게 떨어지는 것이 있어 그걸 피라 하지

우리가 눈 뜨고 보게 될 것은 묽은 코피를 흘리고 있는 얼굴
일까

종교적 제의인 걸까

어디에 도달할지 모르고 앞질러 가다 엎지른 것들, 가만히 있
어도

바람 속에 섞여든 살냄새를 맡게 되고 입속 가득 찬 혀를 느
끼게 되지

구름은 낮게 깔려 있는데

어디서 예지의 빛은 내려오고 아직 눈을 감고 있는지

오늘 살고

내일 죽고

그다음 날 환생하는 것

오늘 토하고

내일 먹고

그다음 날 뛰어다니는 것

너,

이다음엔

눈이 내릴까?

적도의 섬으로부터 배가 올까?

그중 닭의 목 황소의 눈알을 가진 자가 있어

이 마을을 불태우고 사람들을 학살할 거라고

살아남은 자들이 그를 붙잡아 생살을 베어 먹을 거라고

말하게 될까

사람들은 큰 불을 피우고 주변을 빙빙 돌고

그렇게 관습이 되고 축제가 되면

어느 날엔 잘 차려입은 파티의 형식으로 도달해 우리의 입을
축이고 미소 띠게 하겠지만

어느 곳엔

더 큰 해일이 덮치고

더 큰 모래폭풍이 불겠지

이것이 마을

나,

오늘은 감은 눈의 까마귀

내일은 눈 뜨면 제물로 바쳐질 한 마리

다른 날엔 굴로 번식돼 이곳의 말을 익힐

아게르라 하지

맑은 계절에 걸린 거울

소란을 빛으로 태울 때 그 냄새를 따라가

소리가 들리지 음악은 공간을 이뤄 성가대의 흰 벽 색유리의
높은 천장

사람이 한 명 떠났어 사실은 여럿

비슷한 행동을 여러 번 하면 잔상이 남지

테이블 위 물컵은 습관처럼 한번씩 빙글 돌고

명상을 시작했어

듣기로, 나는 지켜볼 수 있대

실체는 왔다가 사라진대

숨을 쉬어

살면서 나는 내가 많은 가명을 가졌으면 했어

성을 가졌으면 했어

숨을 쉬어

굴 껍질로 만든 자개장 칸칸이 이름을 넣어뒀는데

언제 망가뜨리게 된 건지

꼭 강물에 빠뜨려야 했는지 그게 슬퍼서

줄곧 반대로 생각해왔어

줄곧 반대로 생각해왔어

미안해 용서해줘 고마워
미안해 용서해줘 고마워
미안해 용서해줘 고마워

공중에서 거울이 흔들렸어

　　　　　　　　　　　– 덜 축축한 이름으로, 너희들에게

홀

주황 조명 아래
늙은 여자가 노래한다
먼 나라에서 온 듯한 목소리로
뒷자리에 계신 분들은
얼굴이 보이지 않네요
오늘은 울고 가셨으면 좋겠어요 한다

객석에서 웃음소리가 터진다
객석 속 나는 따라 웃는다
여자와 눈이 자꾸 마주쳤지만
보이지 않는다는 말을 믿는다

*

좋아하는 청년의 목소리를 흉내 내다
소년의 미성을 체득하게 된 여자

녹음된 낯선 목소리는
처음만 잘 견디면
반복해서 들을 수 있었다
그사이 여자는 소년이 될 것 같았다

우리 이분을 위해 기도합시다
변성기의 시절을 고백하는 동안
사람들은 조용히 두 손을 모았다

*

연기가 무대를 뿌옇게 채우자
홀 가득히 주황빛이 일렁거린다
우리는 우주를 떠돌아다니는 부유물 같아요
목소리가 어디에서 어디로 웅웅

그동안
불어두었던 백 개의 주황색 풍선이 동시에 하늘로 날아간다
풍선 속 백 개의 홀이 진동한다
백 명의 여자가 동시에 노래한다
백 번을 더 환생했던 것 같은 느낌으로
객석을 박차고 나오지 않는다

4부

산책

물속에 손 하나 잠겨 있다
푸른 달이 뜨고
나는 오래 잠이 든다

긴 복도가 이어진다
소리 없이 걸으면
그동안
복도에는 비가 내리고

아무도 호흡하지 않는 곳
사랑하지 않는 곳
버림받지 않는 곳을 위해
감정 없는 꿈 몇 개 피우고 돌아온다

깨어나면
손은 계속 물속에 잠겨 있다
너를 생각하다
사슴을 박제하는 꿈을 꾸고
사슴 코에서 흐르는 피를 받아 마시다
물에 불어난 손가락으로 뿔을 쥐어본다

나의 사랑은 너의 것과 달라서

나는 항상 도망치고
다시 도망치는 힘으로 살아가지만
너는 단단하다
날마다 더 단단해지고 있다

깨어나면
물속 빠져나올 수 없는 손 하나
푸른 달이 뜨고
나는 잠 밖으로 나가지 않는다

반사되는 빛

당신, 우리의 오래된 미래란 무엇일까

이를테면 물을 너무 오래 바라보다 자기도 모르게 수면 쪽으로 몸이 기운 사람과 거울의 내용에 홀려 펜을 들고 속기한 사람의 이야기는 동시에 우리를 찾아왔고

질문이 무엇이든 간에 답이 중요한 것이라면
아침엔 다리가 셋 점심엔 머리가 여덟 저녁엔 팔 대신 꼬리의 독이 솟는다 해도
인간이라 답할 것

말하자면 고대의 예언자는 갓 태어난 아이에 대해 자기 자신을 모른다면 오래 살 것이라 점쳤고, 그럼에도 그 아이는 호수 곁을 떠날 수 없었고, 호수 역시 그의 눈에 비친 자신이 얼마나 아름다운지 골몰했다는, 이것은 이러한 이야기인데

그러니까 당신, 이것은 당신이 화장실 문을 잠그고 매일 거울 속 내용에 골몰할 때 거울의 반대편, 내가 익사자가 될 당신을 예언하게 될 것이란 이야기이고
눈 잃은 예언자처럼 너무 오래 지켜본 나머지 낯설어진 거울 너머를 떠올릴 때
그 속에서 당신은 물속에 잠겨 발버둥 치다 뜬눈으로 숨이 끊

기게 된단 이야기, 다시 말해 거울 면에 입술을 대고 인공호흡이라도 시도하게 될 나의 이야기인 것이지만

　괜찮다, 괜찮다, 괜찮다
　입술의 차가움을 손등으로 닦아내며 당신은 당신에게 말하고 무엇이 괜찮다는 겁니까 당신은 당신에게 묻고
　인간이니까 그럴 수 있다 그러니까 괜찮다
　거울의 내용을 받아적지 못한 빈 종이에 대고 당신은 당신에게 답하는 것이다

　당신의 가장 먼 쪽에선 거울의 형태에 의심을 품고 누가 이것을 통해 자신을 감시하는 게 아닐까, 부자연스러워지는 표정으로 삐걱삐걱 움직이는 사람이 있는데, 그는 당신이 펜으로 쓴 이야기의 등장인물이라서 당신 역시 조심하게 될 때가 있지만

　어느 날에 당신은 "너는 네 글을 쓰는 것보다 내 엑스트라가 되는 게 낫겠다 차라리 너는 내 글이 되는 게 낫겠어" 거울을 쳐다보며 천천히 말하게 되고
　어느 날엔 희미한 꿈을 꾸고 일어나 마음만 상한 채 왜 슬픈 것이지? 묻게 되고 질문과 동시에 흘러나온 무수한 답변들로 숨이 막혀서

인간
인간
인간
인간?
인간

하고 마는 것이다

질문이 무엇이든 간에 답은 같을 것이므로
아침의 인간은 점심의 인간이 되고 저녁의 인간이 되는 이 이야기는 결국
여럿을 동시에 하나의 얼굴 안에 가둬버리는 거울의 이야기 인 것이고
화장실이 없어 외로워지는 꿈들, 배출구를 갖지 못해 미궁이 되는 당신의 꿈속에선 누가 되새기고 있는 메아리 인지, 거울은 무엇도 구해내지 못하는 겁니까 질문이 울리고 있는데
절망에 빠진 당신은 그렇게 살아가는 것도 인간, 종이 위로 끄적이게 되지만

자기 자신을 모른다면 오래 살게 될 것이다, 오래된 예언은 미래가 되고

그러나 이럴 때에도 당신의 등장인물은 변기 레버를 내리며 흘러가고 메워지고 있는 여기와 깊어지는 저 너머를 상상할 수 있다

당신과 나, 우리가 거울 속으로 빠져들고 있다 해도 빈 종이는 빈 종이의 가능성으로 남고 이 거울의 뒤편은 종이의 빛을 반사해 무성해지는 것이다

화이트보드

1993년 3월 4일생.

생일이 같은 아이를 두 명쯤 만나자
생일과 나는 분리되었다

레몬을 깨무는 느낌이었다

*

회상할 것이 적다

이상할 만큼 혼자였고
이상할 만큼 말이 없었지만
그렇다 할 괴로움도
슬픔도 없었던
열아홉까지의 일

*

계절만이 남는다 –
여름은 영화 속에서 더 아름답고
낙엽은 필요 없이도 아름다운 것

봄은 의외로 차갑게 선명해
겨울은 넓어지는 느낌, 빛난다

*

잊어버리는 것이 중요하다
자칫하면 푹 빠질 것만 같다

바늘의 시간

내 눈은 보고 있지. 네가 만든 영상을. 내 귀는 듣고 있지. 너 없이 재생되는 음악을. 마르고 키가 큰 여자가 등장하고 그의 입술이 열릴 때, 혓바닥 위에서 바늘이 반짝 빛을 낼 때, 키가 작은 단발 여자가 그의 바늘을 뺏어와 삼킬 때, 식도에서부터 직선들이 쏟아질 때, 작은 종소리가 반짝 울리지. 마르고 키 큰 여자는 산성비가 내리는 내장의 검은 증기를 틈타 작아지고 혼자 남은 단발 여자가 바늘을 토해낼 때 마치 새것처럼 반짝 빛나는 바늘, 이제 후렴은 시작되는 거지. "그리고 시간이 흐를 거야 그러나 나는 멈춰 있었지" 내 입은 따라 부르지. 너와 같이 듣던 노래를. 내 귀는 듣고 있지. 기억 속엔 처음도 끝도 없이 후렴으로 시작해 후렴으로 끝난 뒤 다시 후렴이 되는 허밍이 있지.

그리고 시간이 흐를 거야 그러나 나는 멈춰 있었지
그리고 시간이 흐를 거야 나는 멈춰 있었지
그리고 시간이 흐를 거야 그리고 나는 계속 멈춰 있지 그리고
시간이 흐를 거야 그리고 그렇지만 그리고

단발머리 여자는 어느 날 까치머리 여자를 만나게 되지. 투명한 눈동자로 까치머리는 단발머리의 눈을 들여다보았지. 내 귀는 듣고 있지. 노래는 재생되지 않고. 단발머리가 손에 꼭 쥐고 있던 바늘, 내 눈은 보고 있지. 그건 이제 까치머리의 눈동자 속에 있지. "그리고 시간이 흐를 거야 그러나 나는 멈춰 있었지" 내 귀는 듣고 내 입은 따라 부르고 단발머리는 까치머리의 눈동자 속에서 탁한 색으로 변한 바늘을 발견하지. 내 눈은 보고 있지. 단발머리의 머리가 계속 단발머리라는 것. 내 입은 흥얼거리지. "그리고 시간이 흐를 거야 그리고 나는 계속 멈춰 있지 그리고" 단발머리는 까치머리를 떠나게 되지. 그때 작은 종소리가 울리고 단발머리가 장면에서 사라지지. 바닥엔 굴러떨어진 바늘만이 남아 있고,

　내 눈은 보았지. 네가 만들다 만 영상의 끝을. 내 입은 가끔 흥얼거렸지. 후렴으로 끝도 없이 시작하는 노래를. 시간은 흘렀지. 단발머리가 긴 머리가 되고도 남을 시간이. 들은 적 있지. 이곳의 뒷이야기를. 우연히 또 다른 단발 머리가 바늘을 줍게 되고 축음기에 바늘을 꽂게 되는 이야기. 바늘이 또 다른 키 큰 여자의 내부에서 산성비가 되는 이야기. "바늘을 놓치는 사람은 그리고의 시간대를 사는 사람이고 바늘을 계속 쥐고 있는 사람은 그러나의 시간대를 사는 사람인 거야" 그러다 그러나의 시간대에서 죽음을 맞는 단발머리도 있었지. "시간이 흐를 거야" 너는 말했고 "나는 멈춰 있을 거야" 내가 말했었지. "그리고 시간이 흐를 거야 그리고 그렇지만 그리고" 어쩌다 생각하는 날이 있었지. 내 눈이 보지 않고 내 귀가 듣지 않는 곳에서의 접속사를. 그리고— 라고 말해도 흘러가지 않고 그러나— 라고 말해도 멈춰지지 않는, 바늘은 없고 바늘의 빛과 소리만 있을 법한.

겨울 행성

이곳의 겨울은
작고 투명하다

생명체 없이
무한히 눈 내리는 풍경

쥐고 흔들면
천천히 가라앉는 눈

아주 작은 수정구

침범 없이 조용한 행성이다

*

죽지 않는 눈은
여기에만

사람의 뒷모습은
여기에만

몰랐던 정면이 너무 많아

소란스럽던 계절들이
차츰 정리되고

단지 눈 내리는 현상처럼
무수히 많은 사람이
하나였음을 아는 것

*

당신의 주머니에
수정구를 넣어두었다

그러면 당신은
세수하고 돌아와
아침 식사하고
물끄러미 보겠지

수정구의 아름다운 그림자
당신의 방에
빛으로 무한해지는
하나의 겨울 행성

구름과 인어와 은빛 나사들

어쩌다 구름 떼가 있었다
구름과 구름 같은 것이 겹쳐지던 순간
통과하는 빛
프리즘
덜 살아 있음에 대한 은유로

너를 보면
너는 욕망하는 것들을 가득 모아
너와 닮은 것을 조립하고 있었다
가끔 그 자리에서 새로운 것이 만들어지기도 했다
사람이라기보다는 안드로이드
안드로이드라기보다는
인어랄까

해체를 거듭하며
안주머니엔 절그렁거리는 은빛 나사들이 모이고
인어의 골수를 쪽쪽 빨아먹는 일이 일어났다

복제물의 뼈를 만져주다가
가끔 부러뜨리고
들여다보게 되는
습관,

움직임의 세 가지 꼭짓점

다른 말을 하려는 건 아니다
네 프리즘을 분석했더니
삼각형이 빛 속에 가득 차 있었을 뿐

구름 떼는
여전히 유령인 듯
모이고 흩어진다
빛이 통과할 때
빛 속 삼각형은 구름의 심장이 되고

강박증의 나는
나사를 바닥에 늘어놓으며
숫자를 세고 있다
셌던 것을 또 세고 다시 세고 다시 세면서

어쩌다 살아 있음에 대한 은유로

두 개의 뿔과
자기 안의 기후

말할 것이 없어 당신은 미소 지었다

만화경을 통과한 유년의 여름은 더 이상 덥지도 끈적이지도 않
았다

말하지 않으면
미소를 짓고 고개를 끄덕이고 원하는 것을 주면
아이들은 그냥 갔다
착한 애라고 하는 것 같았다
멍청하다거나 무섭다고도

그 애들은 이쪽부터 저쪽까지 선을 죽 그어 선만을 밟으려다
비틀거리기를 여러 번이었다

선택받은 아이들

학교에 가면 늘 책상에 엎드려 있던 애
그 애는 언제나 자기가 은밀히 선택받은 아이라고 믿었는데
그 애가 끄적이던 노트 겉면에는
구멍 뚫린 두개골 그림이 있었고

누군가 자신의 움푹 파인 정수리를 더듬으며 이렇게 말해주길 기다렸다

– 너도?

열어둔 창문가에 앉아
그렇구나, 햇빛으로 뿔을 만드는 사람들이 있는 거구나, 당신은 알아들었단 듯이 고개를 끄덕이고
거듭 끄덕이는 속도로 잠결에 들면
뿔 대신 크고 두툼한 꼬리를 보았다

뒤를 돌아보면 꼬리 끝에서 세포분열이 시작되고 있었고
그것은 이마에 쐐기를 단 사람 형태가 되어서도 당신의 몸에서 떨어져 나가지 않았다

– 너였구나
여기, 춥지 않아?
– 너는 떠나고 싶어 하는구나
벌써 봄인가, 아무리 햇빛에 속아도 서늘하기만 해
– 어째서 떠나야 하지
뒷목에 자꾸 열이 오르는데 내 목은 잔털로 부드럽기만 한데
아무도 알려고 하지 않아 건드려도 난 가만히 있을 건데
– 사는 동안 너는 네 꼬리를 끊고 뿔을 부러뜨리고 말겠지

그냥 누가 날 빈틈없이 안아줄 순 없는 걸까

– 포식자들이 다가오고 있다

무표정하게 있어도 빈손을 두드려줄 사람이 필요한데, 정신
차리라고 뺨을 때려줄 사람이라도

– 웃어, 당분간은 계속, 무해하단 듯이

온도 조절 장치, 온도 조절 장치……

포식자를 유인하는 신비로운 미소

한 시절이 다 가도록 기다렸지만

선택받은 아이들은 떠나지 않았다

애초에 누가 선택받았는지도 알 수 없단 듯이

때때로 당신은 고깔모자를 만들어 썼고

누가 머리를 쓰다듬으려 하면 뺨을 들이밀었을 뿐인데

그렇구나, 나는 이제 이 이야기를 믿지 않는구나, 때마침 알
았다는 듯 고개는 끄덕여진다

저쪽에서 이쪽까지 미적지근해지는 내내

나는 말할 수 없어 미소지었다
누군가 그것을 불안 장애라 했고
부모는 단지 과묵할 뿐이라고
우리 애는 머리가 좋다고 했다

이후로 몇 년이 지나 차츰 옅어지는 여름의 열기, 잘린 꼬리의
단면에서 빛이 난반사될 때 나는 고개를 돌려볼 수 있게 되었다

그러나
두 손으로 머리를 감싸 쥘 때에도
팔꿈치로 중심을 잡고 눈 뜨기를 주저할 때에도
나는 말이 없었고 그저
창문 근처를 좋아했다

쓰는 사람
─굴의 아이 5

　구현해냈지. 상상의 힘을 잘 모르고. 마을 아게르에 아게르란 이름의 소년 소녀들이 얼마나 많은지 모르고. 편지를 받고 답장을 쓴다.

　그곳은 여름이 짧고 겨울이 긴 곳이라고 했다 일 년의 절반은 눈이 내리고 쌓인 눈이 녹지 않는 곳, 바람이 언 땅을 더 단단하게 만들고 해가 빨리 지는 곳이라고 했다

　지금 이곳에서도 해가 지고 있는데

　이곳은 5시면 해가 진다고 엎어지듯 어둠이 발등을 덮는다고 가끔 러그에 쏟아지듯 달라붙어 너의 이름을 써본다고 답장을 쓰고서 내 의식은 러그 밑으로 끝없이 가라앉는다

　까마귀가 울고 있었다 아게르, 라고 부르면 흰 김이 입 밖으로 계속 흘러나왔다 검은 갈대밭이 바람에 쓰러지고 아게르, 부름에 뒤를 돌아본 얼굴들 사이로 불가능한 그리움.

　이름을 붙였지. 쓴다는 게 뭔지도 모르고. 이야기가 끝나고도 안녕을 오래 빌며 미안하다고 했지. 어설프게 구현된 거리엔 우체통의 붉음이 없고 지는 해의 붉음만 있어서 흰 종이 다발을 꾹 쥔 채

아게르, 살아 있는 아게르에게

부록

반사되는 빛

더 이상 예전과 같은 방식으로는 글을 쓸 수 없다, 판단 내렸을 때 이제재는 커다란 흰 책상 앞에 앉아 있었고 책상 앞 벽에는 고흐의 그림이 걸려 있었다. 그것이 어떤 의미를 지니지는 않았다.

네덜란드 남부에 위치한 도시, 그가 머물고 있는 틸뷔르흐는 고흐가 열세 살에 처음 그림을 배웠던 곳이라고 며칠 전 이 방을 빌려준 친구가 말해주었다. 친구는 스쳐 지나가듯 이곳이 직물의 도시라고도 덧붙였는데 그의 관심이 잠시 동한 것은 이쪽의 이야기였다. 섬유 도시로 불렸던 그의 고향과 이곳이 잠시 겹쳐져 생각되었다. 어릴 적 분명히 실크로 된 넥타이나 셔츠 같은 것을 지역 박물관에서 봤었던 것 같은데……. 인생의 첫 십삼년 동안을 고향에서 지낸 것치고 그는 대구와 관련해 제대로 된 기억이 없었다. 여름만 되면 매년 가장 기온이 높은 곳으로 손꼽혔다는 것, 그 더위가 산으로 둘러싸인 분지 지형 때문이라는 것, 그리고 가족들과 가끔 들리던 이름 모를 둑, 시장. 그 정도의 기억이 전부였다. 그가 생각하기에 그의 진짜 고향은 높은 담으로 둘러싸인 군부대 관사 지역이었다. 계획적으로 구획을 나누어 심고 가꾼 나무와 풀, 흙. 그곳에서 그는 그러한 인공이 가장 자연스러운 것인 줄 알며 자라났다. 하지만 아버지를 따라 진주, 광주로 이동한 뒤 알게 된 것은 그의 고향이 여전히 이동한 바로 그 자리에 있다는 것이었다. 풀과 나무에 대한 계획은 군부대 관사라는 이름으로 어디서든 동일하게 유지되었고, 어디를 가든 건물 외벽의 페인트 색 하나 다르지 않았다.

그리고 틸뷔르흐.

하나를 다른 하나와 겹쳐서 보려고 하려는 것은 그의 습관이었다. 그것이 언제나 먼저의 것에 대한 이해에 도움을 주지는 않았다. 틸til과 뷔르흐burg가 합쳐진 이 도시의 이름에서 뷔르흐는 '산, 산악'이라는 뜻을 가진 명사였다. 사전에서 본 두 번째 뜻은 '정원 혹은 공원에 인공적으로 만든 산'이었다.

인공.

몇 개의 이미지를 틸뷔르흐라는 이름 위에 레이어처럼 쌓아 겹쳐볼 수도 있었다. 유리로 된 각각의 레이어에 무엇과 무엇이 서로 간섭되어 비치는지 관찰할 수도 있었다. 바로 어제까지라면 그렇게 했을 것이다. 그러나 이제 그는 그렇게 하고 싶지 않았다. 그의 머릿속에 하나의 이미지가 다른 이미지들과 동 시간대에 같이 있었을 뿐이었다. 그것은 단순한 사실이며 배치의 문제였다.

그는 가만히 그의 앞에 놓인 흰 책상을 보았고, 그림 액자를 보았고, 노트북을 보았다. 노트북 액정에는 반대편 창문이 비쳐 보였고, 창문 밖에는 나무가 흔들리고 있었다. 이 모든 배치가 동 시간대에 이루어졌다. 책상의 색 하나라도 달랐다면 그는 다른 생각에 빠졌을 것이었다.

ㄴ

네덜란드에 온 지 한 달이 되자 그의 일상은 몇 가지 단순한 패턴을 그리기 시작했다. 그는 침대 위, 거울 앞, 공용 주방, 개인 화장실, 공용 샤워실, 집 근처 작은 마켓에서 목격되다가 돌아서면 책상 앞에 앉아 있었다. 곧 7월이었지만 기후는 들쭉날쭉해서 비가 오는 날에는 집 안에서도 패딩을 입어야 하는 반면, 비가 오지 않는 날에는 따가운 빛이 내리쬐는 건조한 날이 되었다. 비는 꽤 자주 왔고 햇볕이 드는 날에 밖에 나가지 않으면 큰 손해처럼 느껴져서 그는 곧잘 산책을 나갔다.

가끔 그는 그가 어떤 배치의 힘으로 이곳에 오게 되었는지 묻고 싶을 때가 있었다. 특히 아름다움에 가까운 기분을 느껴 잠시 멈춰 설 때 그랬고, 마침 산책을 나간 날이 그런 때였다. 그는 작은 정원을 가진 집들 앞에서 잠시 멈춰 섰고 그다음에야 무엇이 자신을 멈추게 했는지 살피기 시작했다. 집집마다 같진 않지만 비슷한 크기의 정원이 늘어서 있었고 비슷한 크기의 유리창이 있었다. 언뜻 보면 무감한 풍경이었지만 그중 한 집에 눈길이 갔다. 처음에는 그 집의 앞 정원만 보였다. 그곳에는 규칙적이진 않지만 조화를 해치지도 않는 방식으로 작은 나무와 풀, 이름 모를 흰 꽃들이 심겨 있었다. 가만히 더 들여다보면 정원 뒤 커다란 유리창을 통해 정갈한 집 내부가 보였고 건너편, 같은 크기의 유리창이 하나 더 보였다. 그 뒤에는 또 다른 정원이 거의 관리되지 않은 것처럼 자리하고 있었다. 평소라면 잘 보이지 않았을 텐데, 그날따라 앞 정원에 비해 뒤 정원의 빛이 가득해서 보인 풍경이었다. 두 개의 유리창을 통해 앞 정원, 집 내부, 뒤 정원이 동시에 겹쳐져 서로가 서로에게 간섭하는 순간 그는 그 사이를 오가는 금빛 물결에 가까운 것을 보았다. 그 영상은 그가 집으로 돌아온 뒤에도 그의 내부에서 부드럽게 퍼져나가는 것 같았다.

돌아오는 길에 그는 다리가 긴 집까마귀를 보았고, 그 까마귀들이 어떤 풀숲이든 정원이든 가득하다는 것을 확인했다. 하얀 풍차가 멀리서 돌아가고 있는 모습이 잠깐 보였고 구름은 빠르게 흘러가고 있었다. 집에서 한 블록 떨어진 차고 앞에는 며

칠째 방치된 거울이 있었고, 직사각형의 거울이 차츰 비에 젖자 그는 발걸음을 조금 서두르기 시작했다. 어쩐지 그는 이 모든 것을 그대로 간직한 채로 공용 샤워실에서 샤워를 했고, 공용 주방에서 시리얼을 우유에 말아 먹었다. 금방 눅눅해진 시리얼을 씹으며 그는 '우리의 삶에 정원이 필요한 이유'라는 제목의 기사를 읽었다. '사라와지를 찾아서'라는 타이틀로 기획된 가든 디자인 전시에 대한 홍보 글이었다. 사라와지의 어원 'shorowji'는 비대칭적인 것을 의미하는 일본어였지만 네덜란드인이 그 언어를 '사라와지sharawadgi'로 잘못 표기한 이후 뜻이 달라졌다. 이제 사라와지는 '비대칭적이고 유기적이며 자연적인 조경 스타일'이라는 의미의 네덜란드어였다. 기사에는 가든 디자이너 피트 아우돌프의 사진이 실려 있었다. 작고 검은 개를 끌어안은 네덜란드인은 그의 아내와 함께 웃고 있었다.

그는 그가 보고 겪은 그 무엇도 다른 것과 겹쳐놓지 않으려고 조심하면서 방문을 열었지만 돌아온 방에서 책상의 색은 변하지 않은 채 그대로 흰색이었다. 그가 이곳에 온 후에도 같은 색이었지만 이곳에 오기 전에도 책상은 같은 색이었을 것이었다. 그는 이곳이 아니더라도 지난 9년간 책상 앞으로 자꾸 돌아오는 생활을 해왔고, 그렇지만 이제는 거의 매번 책상 앞에서 통제되지 않는 몸에 대한 두려움을 느끼는 중이었다. 이 자리에서 도망치고 싶다는 마음은 오랜 우울증이 남긴 습관 혹은 중독의 결과였다. 발밑이 차가워지고 다리에 힘이 들어가면 그는 다리를 의자에 묶었는데, 시간이 지나자 다리를 묶는 것만으로는 해결할 수 없는 졸음이 밀려들어 오기 시작했다. 졸음을 통제하려는 시도가 몇 년째 이어졌지만 그것은 점차 더 이겨내기 어려운 강도로 그를 찾아왔다. 가수면 상태에서 그는 매번 자신의 몸이 일어나 책상 앞을 떠나는 것을 지켜보아야 했다. 우연히 노트북 캠에 녹화된 그는 거의 눈을 감고 있는 상태였다.

그는 매번 해오던 대로 책상 위에 엎드려 호흡에만 집중하며 자신의 상태를 있는 그대로 받아들이려 애썼다. 지키려 했던 모든 것을 내려놓을 때였다. 차례로 이해할 수 없는 것들이 그의 유리창에 맺혔다가 사라졌다. 그는 글을 쓰고 싶었던 어린 자신을 이해했고, 언어로 성을 구축해 자기 한 몸을 숨기거나 보호하고 싶었던 그의 마음을 이해했다. 그것이 자기 자신의 몸, 정체성을 수치스럽게 여겼기 때문이라는 것까지 이해하면 그다음엔 그의 글과 몸의 관계가 이해되기도 했다. 수치심을 재료로 성을 쌓았으니 글을 쓸수록 성안에 갇힌 몸은 괴로웠을 것이다. 몸이 보이지 않는 자리에서 성은 가끔 몸처럼 굴기도 했다. 종이 위에 쓴 단순한 단어들이 그의 일상에 큰 영향력을 미치고 있었고, 그는 그때마다 스스로가 어떻게 종이 위로 미끄러지는지 지켜보아야 했다. 그리고 지금 그는 막 몇 개의 단어를 끄적인 참이었다.

미안해
용서해줘
고마워

그는 네덜란드로 도망쳐온 것이 아니었다. 그러나 사실은 도망쳐온 것이라 해도 여전히 그는 같은 상황에 처해 있을 뿐이었다. 그의 앞에 놓인 커다란 흰 책상, 그림 액자, 노트북. 노트북 액정에 반대편 창문이 비쳐 보였고 그사이 비가 그쳤는지 빛은 실내를 조금 침범해 들어오고 있었다. 고개를 왼쪽으로 살짝 돌리면 책상 옆 전신 거울을 통해서도 빛이 보였다. 이 거울에서 빛을 반사하면 한 블록 건너의 거울까지 닿을까. 몇 블록 밖에 있는 유리창에도 닿을까. 그는 잠시 눈을 감고 상상했다. 그의 마음에는 하나의 공간만 있었다. 각자의 자리에 배치된 여러 이미지가 동 시간대에 같이 존재하며 영상으로 재생되기 시작했다. 그 사이로 금빛 물결이 일어나고 있었고 그것은 서로가 서로의 이미지에 영향력을 미치고 있다는 증거로 보였다. 그는 거기에 머물렀다. 눈을 다시 떴을 때 그는 그 자리에 그대로 있었다.

ㄴ

집을 빌려준 친구에게서 공용 주방의 검은 식탁이 원래 자기 방의 책상이었으며, 자기가 임의로 바꿔둔 것이니 다시 돌려놓아 달라는 연락이 온 것은 방을 떠나기 일주일 전이었다. 전화를 받았을 때 그는 창문을 열고 있었다. 삶이 신이라면, 이 모든 배치를 받아들일 수 있겠니. 그는 그가 간직해온 질문을 떠올려보았다. 맞은편 붉은 지붕이 반짝였다.

아침달 시집 21

글라스드 아이즈

1판 1쇄 펴냄 2021년 8월 30일
1판 3쇄 펴냄 2022년 1월 4일

지은이 이제재
큐레이터 김소연, 김언, 유계영
편집 송승언, 서윤후
디자인 한유미, 정유경

펴낸곳 아침달
펴낸이 손문경
출판등록 제2013-000289호
주소 03980 서울시 마포구 성미산로 153-16, 2층
전화 02-3446-5238
팩스 02-3446-5208
전자우편 achimdalbooks@gmail.com

© 이제재, 2021
ISBN 979-11-89467-26-5 03810

값 10,000원

이 도서의 판권은 지은이와 출판사 아침달에게 있습니다.
양측의 서면 동의 없이 책 내용의 전부 혹은 일부의 재사용을 금합니다.

아침달